KB008033

이종욱
시집

흰색과 검은색 사이

이종욱 시집

도서출판 북인

시를 쓰면서 삶이 부드러워지고 아름답게 보이기 시작했다. 천천히, 조금씩 가고자 하는 이 길에서는 내 안에 조용히 차오르는 따뜻함이 느껴진다. 가족과 친구들, 첫 시집이 나오도록 도움을 주신 분들과 하나님께 감사드린다.

2020년 4월

차례

1부

바느질하는 여인
— 펠릭스 발로통

저녁 노을이 지는
아름다운 시간에

자신의 방에서
누군가에게 줄 옷을 꿰매는구나

뉘엇, 뉘엇 넘어가는
햇살은 따스하고

그 희미한 빛 한 줄기에
의존해 옷을 만드는구나

따스한 세상을 향한
작가의 꿈, 소망이
나의 마음에도 그려지는구나

샤투의 밤나무숲

─ 모리스 드 블라맹크

검은 비가 내린다

추적―
추적―

검은 비는 이미 땅을
검게 물들인 지 오래
밤나무마저 집어삼키고
밤도 점차 검게 물드는구나

내가 보는 마음도
내가 느끼는 마음도
이미 검게 물들어버려
내 눈에 보이는 것조차도

분명 해는 빨갛고
분명 하늘도 파란데
이미 시련의 검은 물감만 남아
나의 손 검게 물들어버렸구나

짙게

내가 보는 시선이 슈베르트의 마왕처럼

점차 변해가는구나

흰색과 검은색 사이

흰색과 검은색 사이
수많이 켜켜이 묻어난 마음

아무렇지도 않은 흰색
모든 걸 꿈꾸는 검은색

서로 마주할 수 없지만
서로 바라보지도 않을 테니까

자신의 모습에 안주하고
자신의 거울만 볼 테니까

누군가 말해주어도
그대로일 모습

각자가 바라는 모습만 보고
그대로 지나갈 거니까 그럴 거니까

흰색과 검은색 사이
더 멀어지지도 않을 거리

흰색과 검은색 사이
더 가까워지지 않을 거리

버려진 꽃처럼

고요한 밤이다
아무도 없는 밤길을 걷는다
바람은 매정하게 스쳐지나간다

이 밤 담 옆은 허허한 논
바람이 시리게 지나가
내 마음은 더 시리다

활의 밤, 시린 이 밤,
갈갈이 찢기는 내 마음
눈물에 더욱 아프다

한숨만 나오는 이 밤
한숨만 나오는 내 마음
마음은 더욱 시리다

시려서 더 이상 시린지 모르겠다
아파서 더 이상 아픈지 모르겠다
눈물이 나는데 눈물인지 피인지 모르겠다

무심결에 던져진 꽃처럼
내 마음도 던저진 꽃 같다
나 아프다고 외쳐도

더 이상 날 바라보지도
더 이상 날 마음에 두지도
그래서 난 처절해진다

이 밤
아파도, 시려도 눈물이 나도
나는 이 밤을 걸어나간다

청풍青風

푸른 바람, 청풍

길게 꼬리치며 청룡이 나아가듯
바람의 길이 나의 눈에 그려지네

한 발자국, 혹은 몇 발자국

하늘 높이 솟아
무서운 기개 만천하에 떨치는 용맹함

심해의 강한 코발트색같이
짙게 웅장하게

강렬한 라임같이
시선을 사로잡네

푸른 바람, 청풍

푸른 하늘처럼
푸른 바다처럼

시선을 사로잡네

청룡이 저 높이 올라가듯
사자가 먹이를 한번에 덮치듯
나의 시야를 흔들며
마음에 발자국을 찍네

푸른 바람, 청풍

동장군

저 뒷산 넘어 지나가고
저 앞산 타고 어둠이 오네

벌써 겨울의 문턱이 오고
벌써 가을의 문턱을 지나가네

차갑고 매섭게
나뭇잎에 매달린 물방울을 얼리는 칼바람
한손에 검을 든 무사처럼 달리는 칼바람

하나 둘 전부 떨어지고
하나 둘 전부 사라지네

이 한 해의 끝자락도 이리 오네
칼을 든 무사같이

또 다른 이름을 불러본다
동장군

가장 무서운 그 이름

동장군

가장 서글픈 그 이름
동장군

매섭고도 잔인한 기억
차갑고도 낯선 기억

다시 그가 돌아왔다

등산

해가 중천에 떠올랐지만
나무에 걸려 그늘이 진 시간
나 혼자 이 산을 올라간다
시원한 길 따라 올라간다

멀리까지 보이는 시원한 길
햇살은 뿌리에 닿으려 나무와 씨름하고
나는 그 사이를 지나간다
나는 그 문틈을 지나간다

올라온 지 한참이나 됐건만
이 길을 얼마나 더 가야 하나?

조그마한 새들 지저귀며
아름다운 바람소리 들리고
귀여운 다람쥐는 머리를 집 밖으로
내밀다 쏘옥 다시 집어넣네

천천히 보면서 느낄 수 있는
이 산길이 얼마나 아름다운지

조금 더 마음을 열고 귀를 열어본다
나 혼자가 아닌 것을 알게 된다

산길이 험해도 힘들지 않는 건
내가 바람의 길을
따라가고 있기 때문

갈림길

이 길의 멀리 보이는 갈림길
어디로 가야 하나요?

갈림길 앞에 다다랐는데
어디로 가야 하나요?

갈림길만 있고 표지판은 없네요
이 앞에는 어둠인데

좌측이 내려가는 길인가요?
우측이 올라가는 길인가요?

좌측은 능선길인가요?
우측은 지름길인가요?

만약 아니라면 이 모든 추측과
정반대인가요?

만약 모든 추측이 다 틀리면
저는 여기서 어떻게 하나요?

만약 길을 따라갔는데
절벽이 나온다면?
무서운 폐가나 으스스한 곳이 있다면?

저는 도대체 어떻게 해야만 하나요?
저는 무엇을 보고 가야만 하나요?
무작정 저 반대편에서
사람이 오기만을 기다려야 하나요?

어떻게 해야 무사히 이 산을
내려갈 수 있을까요?

사랑은 어디서 시작되나

사랑은 어디서 피고
어디서 지는가?

깊은 마음속?
인상 깊은 자리?

어차피 이슬처럼
금방 사라질 텐데

무궁화처럼
금방 시들 텐데

짧은 시간
짧은 그 자리

누구나 금방 시들고
아물고 사라질 텐데

깊은 밤 그 사이에
여물고 사라질 텐데

그 자리를 메꾸고
다함 없는 사랑

누구나 말하고
금방 사라질 텐데

말하고 그 자리서
그 자리서 맹세해도

해질녘 노을처럼 사라질 텐데
깊게 사랑한다, 좋아한다고

말할 수가 있나요?
고백할 수 있나요?

각자 있는 자리서
여물어가기를

노루가 있는 쥐라의 눈 내린 풍경

─ 귀스타브 쿠르베

세찬 눈보라 일고
모든 것은 눈에 뒤덮인 채
깊은 동면에 들었구나

그 깊은 산골짜기에는
호수마저 얼어붙고
모든 것이 얼어붙은 시간

험악한 산 중턱
어린 노루 한 마리
얼어붙은 호수에 홀로 앉아서

눈망울이 흔들리고
어찌할 바를 몰라하는구나

아아~
모진 세상 속에서
깊은 시련에 빠졌구나

힘들어하고 아파하는구나

노루가 조금씩 죽어가듯
작가의 마음도 죽어기는구나

동백섬

쏴아아~
스르륵~

파도가 넘실거리고
해무가 살짝 끼었다

내가 여기에 있다

해무가 점점 짙게 깔리고
나의 눈에 선글라스를 씌어준다

잔잔한 파도소리를 눈감고 들으면
첼로의 강한 선율 같아

내 마음에 밀려오는 쓰 나 미
내 귓가를 울리는 성악

이미 내 몸은 저 소리에 홀려
이 자리에 계속 머물러 있네

함부르크 항

짙은 안개 속인지
짙은 연기 속인지
우중충한 날씨인지
매연에 그을린 날씨인지

마치 비 올 듯하고
마치 눈이 내릴 듯
알 수 없고 헤아릴 수 없구나

깊은 바다마저도
네가 뒤덮겠다는 건지
마치 네 마음이
이리도 매섭다는 건지

이리 서서 이 항구를
볼 때마다
가족, 친구, 연인
그 감정들이 솟아나

나의 마음을 희뿌연하게
뒤덮어버리는구나

빅 벤

황혼의 깊은 밤

보랏빛 드는 밤의 노랫소리
폭죽이 터지는 밤의 소리

저 멀리 괘종 소리
잠잠하고 굵게 울리는구나

그 소리 들으며
나의 마음을 들춰본다

런던의 강 이편에서
저편의 밤하늘은
강줄기 따라 춤추고
짙은 물속에 파묻히는구나

아 아 ~

깊은 밤의 소리에
내 마음 묻혀

저 높은 시계탑에
내 마음이 걸린 듯하구나

희미하게 혹은 선명하게
뿌옇게 혹은 밝게

밤의 소리 안에 머물러
고요히 뱃사공이 지나가는구나

여름 이야기

만연한 시간이 돌아왔다
점차 땅은 뜨거워지고

주변을 돌아보면 나무를 보면
잎이 만개했다

하늘은 푸르고 더 빛나며
길가의 꽃들도 화사하게 피었다

나비는 나풀~ 나풀~
신사처럼 날아다니고
잠자리는 날개를 세워
기사처럼 날아다니네

꽃들은 각자의 향수를 뿌리고
각자 아름다움을 뽐내고

이 땅에 여름이 왔다는 걸
노래로 알려준다

참으로 또 시간이 지나서
새로운 여름

무더위도 살며시 고개를 든다
넌 제발 모른 척해주라

캬뉴의 풍경
— 샤임스틴

이미 뒤틀려버린
감정과 마음에 잡힌 채

두 눈으로 보는 내 세상은
모든 것이 형태가 파괴되고

걸어 다니며 느끼는 것조차
다 깨어져 보이는구나

깊은 내 상처
깊은 마음의 소리

이 뜨겁고도 차가운 마음으로
뒤틀려버린
내 세상에 색채를 더해보네

점차 흐려지고
점차 어둑어둑
내 머릿속에 남기지 않기 위해

모든 것 다 잊기 위해

2부

바이올린이 있는 정물
― 샤를에밀 퀴쟁

쾨쾨한 방
창문 하나 없고

그저 들어가는 문
그 문 안에 갇혀버린

누군가가 작곡하다 만
오선지에는 먼지가 묻어나고
바이올린 현에는
세월의 때가 탔다

바닥에는 이리저리
나뒹구는 작곡가의 시련
자신을 이 방에 가둬버린 건 아닐까?
자신의 현실을 버린 건 아닐까?

피나는 오선지에 열정을
녹여낸 그대는 어디 있나요?

안양천

무더운 여름

짙게 깔리는 더위
각자 아름답게
각자 향기롭게

걸을 때마다
한 발자국마다

향기의 바람 불어가고
사하라의 폭풍이 잦아드는구나

둑방 길 따라
잠자리 떼 활공하고
새들은 무심히 지나가는구나

찌는 듯한 더위에
아지랑이 피어오르고
나도 피어오르는구나

둑방 길 따라
안양천 물길 따라

겸손

하나, 둘
이 자리를 지나쳐간다

알면서도 지나쳐가고
모르면서도 지나치고
생각조차 하기 싫어 지나간다

깊은 밤의 자리

분명 누구나 다 있는
깊은 밤의 자리

어두움이란 말을 지나
터널이란 기억을 지나
저 햇살 드는 자리만을 향한다

밤의 추억
밤의 기억
밤의 자리

그 자리만 머리에 남는다

고뇌

무언가를 생각하며
수많은 생각에 사로잡혀
한참을 있을 때

깊은 자리에서
더 높은 자리로
올라가기 위해

안개층 위로
날아오르기 위해

무언가를 하기 위한
무언가가 손에 잡히지 않을 때

한걸음을 나아가기 위해
오래도록 멈춘 채

새벽 2시

모두가 잠든 시간
나 홀로 이 밤을 채운다

별조차 보이지 않는
칠흑 같은 밤

그저 멀리 지나가는
차 소리만 들릴 뿐

밤의 악장들은 불빛 아래에
서로 반주를 맞추고 소리를 맞춘다

음역을 맞추는 듯
깊은 밤의 소리는 귀하고 아름답다

안녕, 이 밤의 소리

모두가 잠든 시간
나 홀로 이 밤을 채운다

별조차 보이지 않는
칠흑 같은 밤

그저 멀리 지나가는
차 소리만 들릴 뿐

밤의 주인

깊은 밤,

천천히 움직이는 소리
천천히 울리는 소리
들판에 물결치고
파도치는 소리

하늘이 뒤집어지며 번개를 만들고
땅이 뒤집어지며 지하의 입을 여네

밤의 주인은 여전히
파란 눈만 희미하게 보여주며
저 먼발치에서 숨어
지켜보고 있구나

하늘을 날개로 치면
세상에서 가장 무서운 소리 나고
땅을 날개로 치면
지옥의 입구가 열리는구나

대지를 얼리고 얼려
생명을 빼앗아가고
하늘을 얼리고 얼려
천공을 빼앗아가네

무더위 속

무더운 한낮
불볕더위 아래서

풀장에 옹기종기 모여
물놀이 하는구나

마치 작은 별들이
서로 몸을 부대끼고
총총히 빛나는 것처럼

조그마한 동물들이
몸을 비비며
물을 뿌리며 노는 것처럼

행복한 얼굴로
햇살보다 맑은 얼굴로

아름다운 선율처럼
따스한 햇살 아래서
따스한 시간 아래서

서로의 방법으로
서로의 마음으로
각자의 방식대로

이 시간을 아름답게, 행복하게
진한 여름나기에 한껏 들떠

즐겁게 늦오후를
비눗방울에 담아 보낸다

커피 한 잔

무더운 여름
너무 목마르고
지쳐서 힘들 땐
시원한 아메리카노 한 잔

진득한 땀에 젖어
물 빠진 물고기처럼
뛰어다닐 땐
달콤한 카페모카 한 잔

달달한 그 이와
어울리며
시간을 보낼 땐
진한 카페라떼 한 잔

아침에
비몽사몽 헤맬 때
잠을 깨우는
에스프레소 한 잔

친구와 함께
여유롭게 즐기고 싶을 때
그윽한
모카라떼 한 잔

일하다가 힘들어
10분의 시간,
풍성한
카푸치노 한 잔

나의 커피 한 잔

여름

한낮 불볕더위
가마솥이 익어가듯
찜질방의 더위처럼
이 땅도 뜨겁구나

바람마저 뜨겁고
내 몸도 뜨거워지는구나

아지랑이 피어오르듯
이 땅도 열기를 내뿜는구나

이 여름 깊은 지옥처럼
부글, 부글 끓어오르고

나의 몸도 마음도
달아오르는구나

그칠 줄 모르는 열기
식을 줄 모르는 열기

화마의 거친 숨결에
타오르고 번지는구나

삼학도와 포구

고요한 거울 속
조그마한 삼학도

일렁이는 숲속에
날아다니는 새들
그 속에 활짝 피어난 꽃

바람에 묻혀
바다에 실려

둥둥 떠다니고
둥둥 실려가네

한자리의 꿈이 있다면
서로의 꿈을 묻는다면
아마도 아름답게 피어나는 것

짙은 물속에 열려
녹음은 만개하고
짙은 향수 뿜어내는구나

청량한 음료처럼
향기로운 내음 뿜어내고

청량한 바다향기
폐부를 찌르네

짙은 향기에 묻혀
유유히 떠다니는
새 한 마리 되어
길이, 길이

양을산

병풍 쳐진 산 사이
조그만 호수

잔잔한 바람과 함께
밀어오는 잔잔한 물결
누가 알아주고
누가 찾아올까?

누가 신경 써주고
당연히 찾아올까?
미로 같은 이 길 따라

바람개비가 돌고 돌아
내 앞에 큰 물결 몰아쳐오고

새소리
매미소리
허공에서 터진다

오색찬란한 천음天音

햇살 따라 넘놀고

출렁이는 물결 따라
내 마음에 몰아쳐
깊은 한 방을 때린다

삼학도 맞은편

정겨운 바다냄새 풍기고
정겨운 고향냄새 풍기는구나

어선과 어선 사이
출항과 입항

물고기를 가득 담아
만선으로 돌아오네

잔잔한 내해,

그 사이에 사람 사는 냄새 풍기고
갈매기 떼 무리지어
무얼 먹을까 고민하네

물고기를 내어주시는 한 분
여럿이서 달려드는 모습이
마치 며칠을 굶은 듯 먹는구나

귀여운 아기가 좋아하듯

나 또한 그 모습으로 바라보네

평화로운 내해

섬과 섬 사이 묻히고
삼학도가 최전선에서 버텨주니
사면초가, 이 말이 생각나네

바람이 아무리 어떻게
해보려고 아우성치지만
쉽게 파도를 내주지 않는구나

도자기

질 좋은 진흙으로
장인들의 손으로
정성스레 다져진다

한 땀, 한 땀
흘리면서
정성을 담아

다져지고
뭉쳐지면서
질 좋은 상태로
아름다운 모습으로 변화되지

뜨거운 불가마에서 땀을 빼고
몸을 녹이면

가장 아름답고 수려하게
가장 귀하고 절도 있게
말로 다 할 수 없을 정도

나의 모습도
도자기처럼 다져지고 있시

비록 지금은
진흙의 모습이지만

아름다운 도자기처럼
나의 모습도 빛나겠지

아프다는 건

아프다는 건

누군가에게 잔뜩 상처 입고
마음이 아프다는 것

혹은 다쳐서 몸이 부어
아프다는 것

때로 자기 자신에게
스스로 화내며 아프다는 것

마음이 지쳐서
더 이상 아무것도 할 수 없을 때
그래서 아프다는 것

하나, 하나

모든 게 내 옆에서
사라지는 것도 아프다는 것

지나간 세월, 시간

아픈 것도 모른 채 살아왔으니까
앞으로도 아픈 채로 살아가겠지?

돌탑

돌탑,
소원의 돌탑

수많은 돌들이 옹기종기 모여
거대한 석탑을 만들었다

수많은 이들이 찾아와서
자신과 가정을 위해
소원을 빌고 쌓아 만든 탑

시간이 흐르고
계절이 흘러도
끊임없이 찾아오는 이들

깊은 연못에
동전을 던져
소원을 빌 듯이

그 마음들이 모이고
수없이 모여서

하늘에 울려라

바람이 불어도
눈이 내려도
비가 내려도
굳건히 버티어라

이 자리를 지키기를
이 자리에 있어주기를

구름 가는 길

비가 그치고
흘러가는 구름은
청명하고 아름답구나

쭈 욱~
길게 뻗은 다리처럼

쭈 욱~
저 멀리 꽃밭처럼

목화밭,
나뭇잎이 휘날려 지나가듯이

아카시아밭,
향기가 그 근처를 메우듯이

작은 구름은 산 따라 엉금, 엉금
마치 연세 드신 분처럼 힘겹게 오른다

하늘이 청명해 눈이 부시는 것처럼
구름이 몇 걸음 비틀거린다

3부

시간을 지내면

서글프다
점차 변해가는 내 모습이

아프다
이렇게 나이를 먹어가는 내가

나를 돌아본다
나의 시간을 되돌아본다

지금의 내가
과거의 나에게 기대어본다

지금의 내가
앞으로의 나에게 물어본다

시간 속 편지

어릴 적 나에게
편지를 써본다

아무것도 모르고
천진난만하게
보내던 나에게

그 어린 시절아
잘 지내고 있니?

그 자리에서 잘 지내고 있니?

지금의 나는 가끔
네가 부러워
수많은 선택을 해야 하거든

지금의 내가
과거의 나에게
아름다운 이야기를
들려주고 싶은데

너무 삭막해져서
해줄 말이 없구나

나는 지금 폭풍 속에서
앞을 알 수 없어
이리저리 헤매고 있거든

뒷모습

길었던 시간
쉼 없이 달려온 시간
한 길만 바라보고
좁은 길만 달려온

주변을 바라볼
시간도 없이

그 걸음 멈출 시간
잠시 정차할 시간
그조차 없어서
앞만 보고 달려왔다

경주 말처럼
앞만 보고 달렸다

수많은 시간과
세월을 보내며
달리고 달려서
이 시간까지 와버렸다

지치고
힘들었던 걸음

이제는
나아지겠지?

저 붉은 노을 속
나의 뒷모습

내가 보고 있다

반딧불이

짙은 밤이 머무르고
저 하늘에 노오란 달무리 지네

저 하늘에 떠다니는 건 무엇일까?
반짝반짝 빛나는 유성우?
아니면 무심히 바라보는 별?

수없이 하늘을 메웠다가
지우는 지우개처럼

혹은 저 멀리 누군가가 서서
흔드는 야간 조명일까?

마치 안개가 집어삼킨 듯
풀벌레들이 놀라서 다 숨었네

앗~!

인기척을 느낀 초록불이
갑자기 땅속으로 숨어들어갔네

조금 더 관찰해보니

작고 애교만점
강아지처럼 귀여운
반딧불이었구나~

매미

더위로 가득 찬 여름
어디선가 매미의 노래 소리가 들려온다
누구를 찾는 걸까?
누구를 기다리는 걸까?

아니면
누구를 그리워하는 걸까?
무엇을 기대하는 걸까?

햇살은 아름다운데
매미의 노래는
서글프다

짝사랑을 하는지
고민을 하는지
애환의 노래구나

맴— 맴— 맴—
매 엠— 매 엠—

노래에 얼음조각이
반짝이는구나

마음

마음에도 계절이 있다

봄
하얀 꽃 피어나듯
내 마음도 피어나고
싱그러운 냄새 묻어나지

여름
만물이 가장 아름다운 시기
내 마음 한 송이 백합 되어
노닐다 지나가지

가을
차가운 바람
차가운 서리
내 마음을 살살 채우지

겨울
매서운 눈보라
몰아치고

나의 마음도 얼어붙지

나의 마음
저 멀리 돌아
언젠가는 이 자리에
돌아오겠지

시점

1인칭이란

혼자 파고드는
고독한 음역

2인칭이란

젓가락이 2개이듯
선로도 짝이 있듯
사랑의 온도로 가득 차는
사랑의 세레나데

3인칭이란

그 사람이 우리를 보는
마음과 심정
그 사람이 보는 시야
우리를 더 아름답게 해줄 거야

그래

우리가 살아가는
이 삶의 이야기지

커플들
친구들
그리고 나

또 가을이 온다

또 가을이 온다

쌩쌩 달리는
자전거 바람처럼
혹은 폭주족의
오토바이 바람처럼

그래 이렇게 또
계절이 바뀌고
시간도 바뀐다

저 먼 곳에서
흘러가는 유성처럼

기나긴 터널 안을
아무런 생각 없이 지나가듯
또 가을을 통과한다

나비와 창

— 박생광

바람 따라 흘러가다
이리저리 날아가다
어느 궁에 머무르네

다 찢어져 이리저리 휘날리는 게
마치 나비와 같은 처지구나

그늘 없이 뙤약볕만
거세게 몰아치니

나비는 창에 앉아
더위를 식혀가는구나

한숨을 돌리고
햇볕이 질 때까지
언제고 그 자리에 남았구나

한 마리 연약한 나비처럼
자신을 돌아보는 작가의 마음

포도

나뭇잎이 무성히
헛바닥을 내밀었다
마치 개가 더워서 헐떡이듯

침샘이 열리고
멀리까지
침 냄새를 전하는구나

오돌토돌
돋아난 돌기를
바람이 긁어주는구나

모란

빠르게 달려가다
걸음을 멈췄네

빠르게 지나치려다
마음이 멈췄네

저 멀리까지
그윽한 꽃망울 냄새 풍기고

마음은 숨기는구나
속살조차 보여주질 않는구나

네 아름다운 속살 천천히 열어주오
지나가는 나비와 새들도 들어앉아 편히 쉬었다 가게

노인과 나무 밑둥

노인 한 분이
나무 밑둥에 걸터 앉으며
우리 이제 영영 보지
못할 듯하구나……
밑둥을 손으로
계속 만지작거린다

어릴 적 내 할아버지께서
친구로 널 심으셨고
난 너를 내 친구로 여겼지

시간이 이리 올지 몰랐건만
이제야 돌아보니
너무나 멀리도 왔구나

모두 다
내 곁을 떠나버렸고
나 또한 네 곁을 떠나게 되는구나

노인 한 분

홀로 눈물을 훔치시고
밝은 햇살 길 따라
천천히 사라진다

중앙갤러리에서

굽이, 굽이, 돌고 돌아
어두운 밤 찾아오고

밤의 소리 여기저기
아우성치며 짙게 날아가네

마치 유령의 장난처럼
이리저리 흔들리는
유령의 나무처럼

이곳만 지나가면
마을이 있어
걸음을 재촉하는데

오솔길 끝에서
나를 잡아당긴다

아아~

삶의 길이

무섭게도 날 막아선다

별들이

나를 어지럽힌다

삼촌의 꿈

내 20살 청춘
꽃피는 계절의 맑은 꿈
시인이 되고 싶었지

내가 좋아서
내가 사랑해서

연인의 심정으로
난 뜨겁게 달아올랐지
저 뜨거운 태양과 같이

하지만 내 눈에 보인 것은
차가운 겨울바다

한겨울의 냉랭한 얼음무사들이
나의 마음을 다 베어버리고
난 휴지조각으로 잘려버렸지

그때부터 시름, 시름
앓기 시작했고

모든 게 끝나버렸지

내 마음은 사막이 되었고
차가운 바다에 빠져
바다가 날 이끄는 대로
살아와버린 인생

쓸쓸히 지는 햇살과
같이 저무는구나

인생

차가운 얼음길 따라
홀로 걷는 이 발걸음

크고 어두운 얼음에
나의 마음이 갇히네

하나, 하나

나의 마음에 묻힌
기억들

이 얼음의 길 따라가면
길의 끝이 보일까?

아무도 없는
어둠의 세계

홀로 걷는 이 길의 끝이 보일까?

태풍의 눈

고요하고
적막하게 혹은

평화롭게 새 한 마리
노닐다 지나간다

마치 아무 일도 없는 듯
시선을 피해버린다

아아~

나는 점점
고요해진다

4부

사랑

누가 날 따스히 맞아주나?
희미해지는 나의 몸에
한 줄기 햇살이 비춰진다

어둠 속에서 그 마음이 느껴진다
토닥토닥 나를
온정으로 채운다

물 자국

깊고 은은한 자태 뽐내고
촉촉히 젖은 물 자국

아련한 물의 파동소리
에밀레종 울리듯
내 마음도
고요히 울린다

창틀에 고이고 고여서
넘쳐흐르는 것은
내 마음의 그릇에도
차고 넘쳐흐른다

차디찬 서정적 멜로디에
짙은 물소리 울리고
나의 깊은 호수에도
짙은 물소리 울린다

선명한 물 자국
선명한 내 마음의 자국

물 자국

향긋하고 은은한 소리
세밀하고 아름다운
울림 있는 물 자국

미술로의 여행

톡톡 물방울을 찍어서
새하얀 종이에
나의 마음을 그린다
나의 마음을 빗대어
수묵화를 그린다

눈 내리는 정원
비 오는 날의 풍경
저녁놀이 우거지는 들판

수많은 생각을 품어
그림을 그려본다
마음을 그림으로 매듭짓는다

형형색색의 조화
아름다움의 조화
눈을 감으면

저 멀리 깊은 곳에서
조용한 종소리 울려오고

나의 마음에 향긋한 냄새
점점 올라온다

사막

메마르게 타오르는 사막
그 무엇조차 지낼 수 없고
묽은 모래만 가득한 곳

이 끝과 저 끝이 보이지 않고
작은 내 발자국도 보이지 않네
나의 걸음마저 모래 속에 파묻히네

쉬어갈 곳조차 없고
새 한 마리도 보이지 않는
깊은 수렁

이미 내 눈엔 저 너머 오아시스
쉴 만한 공간이 그려지는데
나의 지금과 미래가 동시에 보이는
이 현상은 어찌 말해야 할까?

나 홀로 건디고 견뎌야 하고
스스로 헤쳐나가는데
의지해야 할 것은 지팡이와 나침반뿐

뜨거운 악마의 입김에
나의 육체적 고통은 이루 말할 수 없고
나의 정신적 고통은 이미 끝을 넘었네

아찔한 마음,
고통만 남은 나의 몸
쉴 만한 곳을 찾아
지쳐버린 나의 마음 달래고 싶은데
그럴 힘마저 남지 않았구나

멀고도 독한 이 사막
내가 상상한 그 이상의 사막

이런 사막이 나의 모습이 되지 않을까
지금을 살고 있는 모습이 사막은 아닐까

끝이 없는 불덩이의 화신에
나의 몸을 맡기며 저 끝을 찾아내리라
견디고 견뎌서 정복의 깃발 들어올려
나의 긴 여정을 끝내려 한다

할미꽃

어느 세월에 할미꽃이 피었나?

길고 긴 세월 지나고
시간의 풍파 지나서

거친 세월을
온몸으로 맞아서

할미꽃이 되었나?

고생, 고생하고
인생의 고단함과
자연의 순리에 녹아

할미꽃이 되었나?

주위를 둘러보면
몇 십 년의 강산 변하고
지나온 시간만큼
너무나 야속한 시간

예쁘게 핀 꽃들도 많고
아름다운 청춘 보내는
꽃들도 많은데

너무 초라한 모습은 아닐까?
너무 도태된 모습은 아닐까?

주름 풀린
얼룩덜룩한 치마처럼
힘없이 바람에 펄럭펄럭

세월의 노련함으로
더 빛나게 웃어보자
더 환해지자

나는 할미꽃

내일이 없다면

하루, 하루를 살다가
내일이 없다면

내가 그리던 미래
앞날을 설계해왔던
모든 것 사라지고
깊은 웅덩이의 수심처럼
어두워지겠지

하루, 하루를 살다가
내일이 없다면

하루의 삶에서
소소히 느끼는 행복, 슬픔
그리고 수많은 감정
소망도 사라지겠지

내가 느끼고 사랑한
이 대지의 자연도 주변 사람도
끝이라는 말에

넋을 놓겠지

이 하루가 마지막이라면
사람의 마음 알 수 없네

상상력

머릿속의 창문을 열고
생각의 열쇠를 돌려본다

아직 정리되지 않은
작은 방처럼
이리저리 흩어져
낱말들이 떠돌아다닌다

무중력 상태로
이리저리 떠돌아다닌다
서로 부딪치고 서로 넘어진다

나의 머릿속에서
반짝이며
글들이 만들어진다

그렇게 나의 머릿속은
길고 기다란
한 마리의
아나콘다처럼

긴 시가 타이핑이 되고
나는 그대로 시를 쓴다

쉼표

쉼표

살짝 쉬었다 가는 곳
어디론가 향해 가다
잠시 쉬었다 가라 하네

마치 졸음쉼터처럼
내 차를 몰고 가다
사과 1/8조각보다
눈이 더 작아질 때
이럴 때 쉬어가라고

쉼표

살짝 데치는 시금치처럼
향긋한 향내만
입에 맴돌아
식욕을 자극하는 것처럼

식감이 나의 눈에서 뛰놀며

나의 신경을 자극하며
나에게 젓가락을 들어서
한입 먹으라고 외친다
꿀꺽 —
침샘이 폭발한다

쉼표

나의 삶에는
쉼표가 어디에 있을까?
내 걸음의
쉼표는 어디에 둬야 하나?

쉼표와 마침표를
나에게 접목하면
어디에서 써야 할까?

가을앓이

시커먼 매연보다
더 시커멓고
검은색보다
더 어두운 마음

남들은 어떨까?
혹은
남들보다 더할까?

통증이 없어서
더 아픈 마음

심해의 어두운 물색보다
깊고 말할 수 없는 어두움
이 밤보다 더 어둡고
더 어두운 마음

망망한 대해에
혼자 표류하는 돛단배처럼
이리저리 떠다니고

아무도 없어서
쓰라리고
텅 빈 내 마음

결국은 나 자신마저
스스로 갉아먹어
아무것도 남지 않고
사라져버렸네

가을 하늘

옅은 냄새는
뭉개, 뭉개 흩어지고
하늘 높이 사라지네

어디론가 저물어가는 햇살길 따라
하늘도 뉘 엇, 뉘 엇 따라가고
영롱한 푸른 가을 꿈만 남아
하늘 액자에 새겨지는구나

고추잠자리

여기저기서 잠자리들이
고개를 내민다

짤막하고 붉은 고추잠자리가
요래, 저래 세상을 기웃거린다
호기심이 많은지 되돌아 바라본다

아직 어린아이 같다
하늘에서 묘기를 부리고
천방지축 장난치니 예쁘다

바람에 실려
가볍게 날고

구름과 함께
동 동 동 떠간다

남산 둘레길

아침 햇살 넘놀고
새소리 여기저기
아름답게 들리는구나

나무와 나무 사이
나뭇잎은 곱게
새색시처럼 단장하니
어여쁘구나

남산 둘레길 따라 걸으며
자연의 소리에
내 마음은 녹아들어
자연과 함께 노는구나

굽이, 굽이 휘도는
바람의 낙도(즐기는 길)

넘 실, 넘 실 넘노는
낙엽의 낙도樂道

길이, 길이 남아도는
새들의 여운

향긋한 오전의 시간을
김삿갓처럼 보낸다

이사

나의 옛 추억들을
모두 간직하고
새로운 추억을 만나기 위해
이곳에 왔다

새로운 동네,
어딘가 어색하고
내 몸에 맞지 않는 옷을 입은 듯한
낯선 동네

새로운 아파트단지
내가 익숙한 곳을 벗어버리고
낯선 타지에 온 나그네 같아
이리저리 헤맨다

새로운 방
알록달록 빛 무늬처럼
아늑한 내 방은
처음이라 어색하다

나의 옛 추억, 그리운 동네
순수했던 추억, 학창시절이
저 구름과 같이 두둥실 날아
이제는 나를 떠나버렸네

이제 새로운 추억들을
기대해보아도 되겠지?
피어오르는 꿈만 담아
이곳의 나를 채워보리라

보석

아직은 작고
진흙 속에 묻혀 있어
볼품없는 조각

인고의 시간을 견디고
자신을 알아줄
누군가의 손이 필요해

따뜻한 손길로
자신을 만져줄 그 사람

자신의 가치를
인정해주고 쓸 수 있는
그런 사람
그런 손길

깨끗한 모습이 나오겠지
이 세상에서 가장 아름답고
예쁜 그 모습

가장 고결하고
세상 사람들이 탐내는
그런 아름다움
그런 빛

누군가의 힘
영향력 있는 그 이름

자연, 생명의 바람

햇살 한 점 없는 오후
여기저기 살짝
고개를 내미는 나뭇잎 사이
조그마한 열매들이
알알이 박혀 있네

알록달록한 냄새 퍼지고
냄새에 이끌린 잠자리
허기진 배를 채우러 온다

한입 베어물고 삼키고
또 한입 베어물고 맛을 느끼고
백종원의 까다로운 맛 평가처럼
열매를 그윽이 바라본다

맛의 세계
맛의 파도
잠시 쉬어간다

이 마음속의 언어들

황인숙/ 시인

1

흰색과 검은색 사이
수많이 켜켜이 묻어난 마음

아무렇지도 않은 흰색
모든 걸 꿈꾸는 검은색

서로 마주할 수 없지만
서로 바라보지도 않을 테니까

자신의 모습에 안주하고
자신의 거울만 볼 테니까

누군가 말해주어도
그대로일 모습

각자가 바라는 모습만 보고
그대로 지나갈 거니까 그럴 거니까

흰색과 검은색 사이
더 멀어지지도 않을 거리

흰색과 검은색 사이
더 가까워지지 않을 거리

―「흰색과 검은색 사이」 전문

흰색과 검은색이 본원적으로 그렇기도 하지만 거기에 투영된 시인의 마음이 아무 치장 없이 고즈넉이 그려져 있다. 흰색과 검은색, 밝음과 어두움은 완강하게 대극을 이루고 있는 듯하지만, 실은 낮과 밤처럼 둥글게 이어져 있다. 만약 흰색과 검은색이 각기 제가 알고 있는 제 모습만 인정하고 벽을 쌓는다면 둘 사이를 채우는 건 오직 공허, 경직된 공허일 것이다. 위 시의 3연 이후처럼 말이다. 살아오면서 그런 모습을 빈번이 보며 시인은 실망하고 고개를 갸웃거린다. 시인의 눈에는 흰색과 검은색 사이, 그 공간이 "수많이 켜켜이 묻어난 마음", 수많은 색채로 넘실거리기에. 이종욱의 첫 시집 『흰색과 검은색 사이』는 그 풍요로운 마음의 결을 다듬어 거둔 수장고다.

하나, 둘
이 자리를 지나쳐간다

알면서도 지나쳐가고

모르면서도 지나치고

생각조차 하기 싫어 지나간다

깊은 밤의 자리

분명 누구나 다 있는

깊은 밤의 자리

어두움이란 말을 지나

터널이란 기억을 지나

저 햇살 드는 자리만을 향한다

밤의 추억

밤의 기억

밤의 자리

그 자리만 머리에 남는다

―「겸손」 전문

　내가 지나쳐간 자리들을 문득 돌이켜보게 된다. 지나쳐
가는 기척 하나하나가 더욱 무력하고 외롭게 만들었을 그
자리들. 몰라서도 지나치고, 알면서도 지나치고, 생각조차
하기 싫어 지나친 그 자리들. "깊은 밤의 자리"들. 지금 내

가 생각하는 건 온건한 심성의 일개 시민들 외에는 달리 하소연할 데 없이 원통한 사회적 약자와 피해자, 소수자의 거리투쟁이지만 내가 내 지나침에 느끼는 부끄러움과 미안함은 사회적 책무감이 아니라 개인 '나'가 개인 '너', 혹은 개인 '그'를 마주선 감정이다.

"이 자리를 지나쳐간다"니, 화자는 지나쳐가는 사람이 아니라 "깊은 밤의 자리"에 있는 사람일 테다. 제목이 왜 '겸손'일까 궁금했는데, 그 누구라도 "깊은 밤의 자리"가 자기와는 영 다른 족속이 처하는 자리라고 생각한다면 그건 우스운 오만이라고 넌지시 일러주는 것 아닐까. 때로는 화자도 이러저러하게 지나쳐간 "깊은 밤의 자리"에 대한 무심을 반성하는 제목 아닐까. "분명 누구나 다 있는/ 깊은 밤의 자리"라는 구절은 시인의 내향적인 성찰과 공감 능력에서 나왔을 테다. 시를 읽으면서, 거기 처해 있으면서도 의식할 새 없이 지냈던 내 "깊은 밤의 자리", 밤의 깊은 자리가 저릿하게 깨어난다. 마치 시인이 독자 마음속 아주 낮은 음역의 검은 건반을 천천히 눌러 짚은 듯.

이종욱은 언어에 재능이 있는 사람이다. 시어들이 단단하다. 그는 자신과 대상을 연결해주는 게 언어라는 걸 잘 알고 있다. 가령 "어두움이란 말을 지나", 그는 어두움을 느끼면서 어두움이라는 말을 동시에 느낀다. 시집에 꽤 많이 어두움(어둠)이라는 시어가 보이는데, 이 시인은 어둠의 밀도, 어둠의 맛, 어둠의 냄새…, 어둠의 그 모든 질감과 감촉을 어두움이라는 말 속에 담을 줄 안다. 그의 시에서는 어

둠도 은근하고 부드럽고 발랄한데, 그것은 그의 바탕 심성
이 그러해서이기도 하고, 시를 짓는 즐거움이 그만큼이나
커서일 테다. 그래서 이 시인이 드물게 마음의 어둠을 격렬
히 토로할 때조차 독자는 그의 통증에 공명하면서도 시적
쾌감을 느끼게 된다.

이미 뒤틀려버린
감정과 마음에 잡힌 채

두 눈으로 보는 내 세상은
모든 것이 형태가 파괴되고

걸어 다니며 느끼는 것조차
다 깨어져 보이는구나

깊은 내 상처
깊은 마음의 소리

이 뜨겁고도 차가운 마음으로
뒤틀려버린
내 세상에 색채를 더해보네

점차 흐려지고
점차 어둑어둑
내 머릿속에 남기지 않기 위해

모든 것 다 잊기 위해

　　　　　　　　　　　　　　　　　　　　―「카뉴의 풍경」 전문

2

　시의 움직임이 본디 율동이자 가락이라는 걸 이 시인은 선험적으로 알고 있거나 체화한 것 같다. 아무 시나 한 편 펼쳐보자.

아프다는 건

누군가에게 잔뜩 상처 입고
마음이 아프다는 것

혹은 다쳐서 몸이 부어
아프다는 것

때로 자기 자신에게
스스로 화내며 아프다는 것

마음이 지쳐서
더 이상 아무것도 할 수 없을 때
그래서 아프다는 것

하나, 하나

모든 게 내 옆에서

사라지는 것도 아프다는 것

지나간 세월, 시간

아픈 것도 모른 채 살아왔으니까

앞으로도 아픈 채로 살아가겠지?

—「아프다는 건」전문

  무심한 듯 자연스러운 구절들이 독자의 마음에 가만가만, 마치 음악처럼 흘러든다. 호흡이랄지 행보의 속도와 폭을 마음이 부르는 그대로 짚어내는 대범함은 훈련만으로 익혀지는 게 아닌 것 같다.

  시는 마음의 언어, 언어의 마음이라고 적는 순간, 낭비적인 말이라는 생각이 든다. 언어라는 게 마음 아닌가. 이종욱의 시어는 마음과 일치하고, 나아가서 시인 이종욱은 마음과 몸이 하나인 듯 움직인다. 그의 몸은 자연이나 그림 등의 시적 대상을 향하여 활짝 열려 있다. 그의 시에 감각에 관련된 시어가 그토록 많은 게 그 증표다. 시각예술인 그림을 보면서, 그림을 통해서, 그림에 대해서 쓴 시편들에서도 시각은 더욱 적극적으로 시각적이면서 다른 감각 청각, 촉각 특히 후각이 환히 열려 있다.

  나뭇잎이 무성히

  헛바닥을 내밀었다

마치 개가 더워서 헐떡이듯

침샘이 열리고
멀리까지
침 냄새를 전하는구나

오돌토돌
돋아난 돌기를
바람이 긁어주는구나

―「포도」 전문

한여름 무성한 포도 이파리들과 헐떡이는 개의 침 냄새라니. 콧속에 축축이 들러붙는 듯한, 거의 입술을 핥는 듯한, 끈적거리고 비릿하고 들큼한 냄새가 진동한다. 감각들이 언어의 옷을 입고 온다. 다음 시어들도 음미해보라. 아름답지 않은가!

"나뭇잎에 매달린 물방울을 얼리는 칼바람/ 한손에 검을 든 무사처럼 달리는 칼바람"(「동장군」), "해가 중천에 떠올랐지만/ 나무에 걸려 그늘이 진 시간"(「등산」), "깊은 밤의 소리에/ 내 마음 묻혀// 저 높은 시계탑에/ 내 마음이 걸린 듯하구나"(「빅 벤」), "하늘이 청명해 눈이 부시는 것처럼/ 구름이 몇 걸음 비틀거린다"(「구름 가는 길」), "한자리의 꿈이 있다면/ 서로의 꿈을 묻는다면/ 아마도 아름답게 피어나는 것// 짙은 물속에 열려/ 녹음은 만개하고/ 짙은 향수

뿜어내는구나"(「삼학도와 포구」), "노래에 얼음 조각이/ 반
짝이는구나"(「매미」)….

3
바람 따라 흘러가다
이리저리 날아가다
어느 궁에 머무르네

다 찢어져 이리저리 휘날리는 게
마치 나비와 같은 처지구나

그늘 없이 뙤약볕만
거세게 몰아치니

나비는 창에 앉아
더위를 식혀가는구나

한숨을 돌리고
햇볕이 질 때까지
언제고 그 자리에 남았구나

한 마리 연약한 나비처럼
자신을 돌아보는 작가의 마음

—「나비와 창」 전문

"한 마리 연약한 나비처럼/ 자신을 돌아보는 작가의 마음"은 화가의 마음이면서 시인의 마음일 테다. 나비가 창틀이나 창살에 앉는 것은 양식을 구하려는 게 아니고 날개를 쉬려함이다. 나비는 영혼이나 마음의 상징이기도 하다. 실제 그림 속의 나비는 어떤지 모르겠으나 시인에게는 날개가 "다 찢어져 이리저리 휘날리는" "연약한 나비"로 보인다. "자신을 돌아보는" 화가의 마음이 그러리라는 단언은 그런 심정을 시인이 익히 알고 있어서 민감하게 감지한다는 걸 암시한다.

"무심결에 던져진 꽃처럼/ 내 마음도 던져진 꽃 같다/ 나 아프다고 외쳐도// (…)// 이 밤/ 아파도, 시려도 눈물이 나도/ 나는 이 밤을 걸어나간다"(「버려진 꽃처럼」), "갈림길만 있고 표지판은 없네요/ 이 앞에는 어둠인데"(「갈림길」), "분명 해는 빨갛고/ 분명 하늘도 파란데/ 이미 시련의 검은 물감만 남아/ 나의 손 검게 물들어버렸구나"(「샤투의 밤나무숲」), "삶의 길이/ 무섭게도 날 막아선다/ 별들이/ 나를 어지럽힌다"(「중앙갤러리에서」), "차가운 얼음길 따라/ 홀로 걷는 이 발걸음"(「인생」), "통증이 없어서/ 더 아픈 마음" (「가을앓이」)

시집 여기저기 차가운 단절감과 외로움과 무력감을 드러내는 시어가 드물지 않지만 시인은 자기 연민에 함몰되지 않고, 인생 내개 그렇다는 깨달음으로 나아간다. 그것은 자기에 갇혀 있지 않고 다른 사람의 삶에도 마음을 쓸 때 생기는 교감능력에서 비롯하는 것이다. 교감의 사전적 뜻은

'서로 접촉이 되어 느낌이 따라 움직임'이다. 서로 다른 사람의 세계에 간섭하는 게 아니라 자기 세계가 간섭받아서 기민하게 움직이며 넓어지는 것이다. 교감은 세계관뿐 아니라 세계를 확장시켜 마음에도 넉넉히 여지가 생기게 한다. 시인 마음의 여유가 엿보이는 이런 유머들 어떤가?

"해무가 점점 짙게 깔리고/ 나의 눈에 선글라스를 씌어준다"(「동백섬」), "무더위도 살며시 고개를 든다/ 넌 제발 모른 척해주라"(「여름 이야기」), "작은 구름은 산 따라 엉금, 엉금/ 마치 연세 드신 분처럼 힘겹게 오른다"(「구름 가는 길」), "진득한 땀에 젖어/ 물 빠진 물고기처럼/ 뛰어다닐 땐/ 달콤한 카페모카 한 잔"(「커피 한 잔」)

이종욱의 시작법이 담겨 있는 다음 시도 미소롭다.

머릿속의 창문을 열고
생각의 열쇠를 돌려본다

아직 정리되지 않은
작은 방처럼
이리저리 흩어져
낱말들이 떠돌아다닌다

무중력 상태로
이리저리 떠돌아다닌다
서로 부딪치고 서로 넘어진다

나의 머릿속에서
반짝이며
글들이 만들어진다

그렇게 나의 머릿속은
길고 기다란
한 마리의
아나콘다처럼

긴 시가 타이핑이 되고
나는 그대로 시를 쓴다

—「상상력」전문

이종욱은 물론 시 쓰기를, 시를 사랑할 테지만 시도 이종
욱을 사랑하는 게 분명하다. 이 친구가 시를 찾는 게 아니
라 시가 이 친구를 찾아오는 것 같다.

이 연애, 오래오래 아름답고 재미있기를!

Bookin 시선
흰색과 검은색 사이

지은이_ 이종욱
펴낸이_ 조현석
펴낸곳_ 북인
디자인_ 푸른영토

1판 1쇄_ 2020년 04월 30일
출판등록번호_ 313 - 2004 - 000111
주소_ 121 - 842 서울 마포구 서교동 467 - 4, 301호
전화_ 02 - 323 - 7767
팩스_ 02 - 323 - 7845

ISBN 979-11-6512-005-4 03810
ⓒ 이종욱, 2020

이 도서의 국립중앙도서관 출판예정도서목록(CIP)은
서지정보유통지원시스템 홈페이지(http://seoji.nl.go.kr)와
국가자료종합목록시스템(http://www.nl.go.kr/kolisnet)에서
이용하실 수 있습니다. (CIP제어번호 : CIP2020015289)